島・行走之詩

辛金順◎著

目次

第二輯／歷史的漫遊

第三輯／戰地迴聲

第四輯／潮汐金門

第五輯／浯島之歌

第六輯／古典的部首

【自序】

島‧行走之詩

1

我不知我的詩離金門有多遠，至少在二〇二〇年之前，我的創作與金門只緣會於〈金門三品〉中的貢糖、鋼刀和高粱酒的想像，但那也是一九九八年的舊作，蹈空於詞語的排鋪，簡淺而近於膚面，風過且易被吹散。畢竟那時尚未去過金門，難免無知於戰地歷史的苦難，以及島嶼身世內在的刻度與衍長。旅居台灣二十多年，我只知金門就在海的那邊，靠近廈門，卻從來未認真去了解這座島嶼的地理位置，或島上演義過的許多故事。更未料及有一天，我的詩竟然會踏上這座島嶼，並在料羅灣岸，擊浪而行，鼓風而歌；或仰頭看木麻黃上的落日，照出了魯王墓上的黃昏，以及穿過金黃的麥浪，聽風吹沙沙之曲，天籟了詩的韻律，而讓每一行詩句，都能貼地而行，並在潮聲裡感知島嶼生命的脈動，沿著長長海岸線的延伸，探看了島嶼的形狀和聲音。

所以當文化局通過了駐縣的書寫計畫時，正也啟動了我寫詩的行旅之夢——在金門。

是的，我從沒想到有一天我會來到金門，並在這座島嶼住上四個月，且在這段期間，以詩探勘了歷史走過的足跡，以及敞現生活當下的日常情態。因此從想像的金門到現實的金門，一個跨越，竟是這一本詩冊行旅的開始，是以際遇迷離如冥冥已定，我的詩必然要遇到了金門而生有海潮澎湃之聲，彳亍行去，自成一行行長長短短的詩景。

即使隔了一年時光，我還記得，當立榮航機即將降落時，我從機艙窗口俯視島嶼，只見環海一島，在蔚藍碧水間，隨著飛機降下而逐漸放大的清晰島形，宛若鯨身浮出水面，蒼蒼鬱鬱，然後看到了太武山，蜿蜒的一線，打個轉頭，太湖如一盆水池，周圍房舍草木海岸放大，飛機一下子滑了過去，島嶼就輕輕收納了我的降臨。下機時，我似乎聽到了遠方的海潮聲，或風聲，在隱隱約約的三月春裡，呼呼的輕響。擺手間，衣袖在風裡生寒，那是我在金門最初的感覺，而我的詩，也好奇地探出頭來，想更深入去認識和理解這座島嶼的世界。那時刻，尚義機場上的天空，灰灰濛濛，安然自淡，而遠方的海，正以無限的遼闊，歡迎我的到來。

2

在金門。

「在」恆永著一種存在的當下感知。當下的一每刻，都累積成了在場的生命經驗和體悟，而成了經歷，成了存有世界裡的意向展現，落到詞語中來，是一種記錄，或銘刻，甚或成了詩意的棲居。而我在金門，即是嘗試以詩去探看周遭一切，聽和觸摸島嶼上的事事與物物，並嘗試敞開自我，接納所有陌生的遭遇，以及對島嶼踏實的感覺。

而住在成功沙灘海岸前，陳景蘭洋樓下的沉思小築，每日聽潮聲轟轟捲來，或在夜裡床席之間，枕在浪聲之上，感覺自己就像與這座島嶼一起在浪裡漂浮。是以，「此在」的共感，不也是詩的一種存有指向？屋前一片青綠草坪，清早起身，坐在屋外藍白相間的休閒長型木椅上，看幾隻鵲鴝、斑鳩與燕子低低飛掠而過，和著潮聲的澎湃飛向不遠處的沙岸，光影在樹葉縫隙間滲透了下來，隨著海風吹拂和時間一起游移。眺眼望去，遠方海上卻有幾艘船隻（不知正要遠去或是歸來），乙乙靜止不動，凝定於蔚藍海面。此刻詩的思緒也沉澱為一泓清澈的水田，天光雲影，映照了自我內心深處的一分恬淡和悠然。我喜歡這種感覺，詩也喜歡這種感覺，一種寧靜致遠的生命意境，在沉思小築前，在細沙白雪的成功沙岸上，在金門。

是的，在金門。我才真正碰觸到了戰地歷史的過往，那不是在教科書或歷史圖片上的浮光掠影，以及刻板的教學材料，而是現場的觸視和感覺，即使戰地煙硝已經消散成了許多老人的殘黃記憶，但臨現於戰地遺址之上，仍然讓人深切感受到戰爭帶給這座島嶼的創傷和破壞影響是多麼巨大。走入成功坑道、翟山坑道，或金城民防坑道等，在那禁閉空間的隧道裡，可以想像戰地時期緊急躲閃飛彈時，生死在一剎那之間的危難情景，那不是處在太平盛世者所能體會得到的。而風雨如晦，哀矜不已，處處隱蔽的地堡和海岸間刺向天空的鏽蝕軌條砦，自也證見了戰火歷史下的軍事哀歌。北山古洋樓窗牆上滿目瘡痍的彈孔，太武山下公墓一列列又一列列的墳塚，八二三戰史館和古寧頭國史館中的戰爭圖片和刻在牆上犧牲者的名字，一一銘記著戰亂的殘酷，以及生命的渺小。而在這所謂的戰地或前線，或已被許多人逐漸遺忘的古寧頭戰役、九三炮戰、八二三炮戰、單打雙不打歷史化的苦難處境，將會被怎樣的一種歷史聲調，重新的加以敘述，或重新的扭曲和選擇性地遺忘呢？

那幾個月，我在金門遊逛，穿梭於古蹟、老街、閩南老屋群聚落、紀念館、文化村、播音站、舊金城、碼頭等等，從山外到金城，或攀登了幾次太武山，喝了幾瓶高粱酒，也上了大膽島，並沿著沙岸走了很長的一段路，且在旭日初昇，以及夕陽將落未落時分，坐在料羅灣的岩石上，看著潮汐的起起落落。這些經歷，大致讓我領略了這座島嶼的內在情致與外在形色，不論看見的，或一些看不見的景觀事物，全靜靜的化成了我感覺意識裡，詩與文的一分創作思考。

那些四處行走的詩句，總是先我而行，在花崗石上流竄，在許多被遺棄而殘破的碉堡中探望，也在幽深隧道裡蜿蜒而走，且充滿著寫實魔幻的想像。一如某次在曲折坑道裡行走時，於幽深的石室之中，想到了洛夫的詩作〈石室之死亡〉中一句：「石室倒懸，便有一些暗影沿壁走來」，惴惴於身後突然升起的聲音，在那禁閉的空間，不斷響起與迴盪。而歷史就在那生死的霎那之間，總是像一隻盤空迴繞的黑鳶，在雲壁上隨時俯衝而下，防不勝防地噬人而去。因感，而遂於坑道中寫了一首詩、記下了當時的情景。那是與〈石室之死亡〉的對話，也是與那一個「戰地時代」的對話，雖是後設與後置／誌，卻也幽微地陳述了生命之於為生命對死亡的恐慄與畏懼。生之渺小，於時代的大誥中，能警示出一些甚麼？而那些年，在坑洞中生活過的人，面對著蜿蜒空洞的花崗石道，又會是怎麼樣的心理？

每次從坑道中走出來，回望，見那洞口之後蜿蜒的漆黑，總不禁生有怵然之驚，因為在那漆黑的背後，連接的是歷史的幽閉與殘酷，戰爭和死亡。詩在面對坑洞時，也只能傾聽時光經過內裡的迴響，除此，似乎也就無所作為。那時，從洞口出來後，站在觀海台上，在成功沙灘面對著料羅灣，看著遠方的船隻，小小的，宛若玩具，在海面上凝然不動。而暮春三月的海風拂過髮頰，遂感海天的空闊裡，萬事萬物無聲遞換與轉移的莫名滄桑。時間走過去，走向黃昏裡一群人，大大小小老老少少的坐在小小凳子上，於沙灘挖掘蛤仔的歡樂情景，頓覺，所有苦難經過戰爭和長夜漫漫宵禁時間的淘瀝洗煉之後，必然會迎來生命與生命和諧的惜愛，以及對所有美好期待的安棲。

而在金門的期間，除了走探那些戰地遺址和長長的沙灘外，一些古蹟和閩南老屋聚落常常讓我流連忘返。我與詩都企圖通過時間遞遠的風聲，去想像那些已經成為老街，或成為歷史展覽巷道內殘陋老屋的敘事。那一世世代代的人住過的地方，走過的路，自有歲月光影斑駁留下的餘跡，靜靜敘述著一段段湮遠了的故事。從那許多看不到的事物裡，詩只能用想像捕捉，以去搜索在時光背後的種種過往，五十年、一百年、兩百年，甚至五百年前的，都輻輳成了一行又一行一路走去的詩句。而人行世道莫不如此，欣然所往之處，俯仰之間，難免都會一一逝為陳跡。只是對於當下的那一剎那感受，我似乎可以聽到詩與詩在懷古的感覺中，發出了攬昔而喟嘆的細微聲音。那是對時間與生命的緬懷與悼祭吧？我想。

所以走在暮色時分的明遺老街，看著街巷兩旁已經修飾過無數次，屋簷低矮的老房子，古樸簡陋，與短短的石板路，構成了一幅讓人生出懷舊情懷的場景。因此走在其中，總會想像五、六百年前，明末清初，這裡曾是熙來攘往的買菜街，那時世態蕩蕩，然而風雲卻不到此處喧嘩，只是路過，冷眼看人世替代，白雲化為蒼狗，而後輪轉向逐漸的蕭條，並與舊金城的四面城牆一起殘頹，鬼神呼風而過，雯雯吹老了所有的記憶。而詩懂得閱人成世，閱水成川之理，滔滔消散的雲煙，不就是詩所組成的語言？在老街上，詩低吟徘徊，反覆步行不去，後又登上了民國一〇五年修復的北門城牆，臨高俯瞰，天風疾疾，從蒼茫暮色中，眼底下老街屋宇圍成了一個小小的聚落，且在蒼茫的暮色裡，以紅磚和花崗岩砌下的語言，靜靜述說了一序列無言而空洞的寂寞。

後來我與詩也遊覽了舊城附近的古崗湖，看著戴勝鳥在湖邊啄下了一枚枚落日，而黃昏無數，可惜了這一片島嶼江山，在疫情裡，因兩岸斷絕，遊人罕至的情況下，顯得無比寂寞和清靜空闊。惟此處山水靈秀，樓台樹色，鳥鳴婉轉，恰好是個可以撿拾古典詩的地方，是以一時新詩隱遁，舊詩逸興遄飛，遊跡所至，在平仄與對仗中，漫吟之間搜得〈古崗湖兩首〉，也算是環湖一圈和攀登梁山遠眺湖景後，所留下的一個履痕注釋了。實際上，我喜歡這樣一個古意盎然的景致，因此湖光柳影，風景人情，細細的，都全化入那兩首詩之中，也填寫了我對舊城和古崗湖的無限喜愛。

是的，古蹟宜愛，古蹟宜遊，古蹟亦宜詩。一如湖邊南側獻台山上殘留著明魯王手書的「漢影雲根」碣，字雖已難辨真偽，卻依然逗引著我的思古幽情，且在詩的想像裡，久久縈繞不去。而我想，那碣字背後，是否注解著此處乃遺／移民之鄉？從唐朝時期的牧馬侯，到明末魯王，島嶼給出了風雲激盪之下的安穩與安居，這樣的一種歷史身世，到底隱喻了一些甚麼？

詩總是在隱喻裡延伸，卻不給出任何答案。所以當我某次站在後浦模範街的出口處，看著街上一整列青天白日旗在微風中翻動，沒有獵獵之聲，卻標示著一種挺立的堅持，仿似對這片土地宣揚著某些生命的信仰，把一條短短而寂靜的歷史街巷支撐得無比聖穆起來。這曾經是明末鄭延平練兵的內校場，如今卻成了一棟棟南洋風格紅磚拱廊的老商鋪，那一整列的樓窗上，似乎有一雙雙眼睛，正隱藏在後，睥睨著時光從拱廊和街道上無聲走過的蹤跡，並悄無聲息地隨著風聲走遠。我和詩時常穿過這條街道，然後轉到了街巷後不遠處的總兵署，繞完一圈庭院後，看白茫茫一地時光流麗散落在那寬敞的院落，突然而然地在心中生有了「百年身世空忽忽，秋風幾度重來，去了人影，舊了樓台」之感，而抬頭，卻見一株百年木棉老樹在明亮的陽光中沉默不語。

詩也無聲走過，從浯江街到莒光路，從邱良功母節孝坊到靈濟古寺再到魁星樓，一路上古蹟的巡禮，是對後浦的實地認識，街巷、建築、氣溫、人情、飲食氛圍等等。是以「此在」，是在那親臨感知的體驗之上，每一感受都在那一剎那完成。而無數的我由此來去，在與不在，都是此時此刻，「此在」之詩一路行吟而過的聲音。

有時候走在瓊林閩南老村聚落的巷弄，穿過古厝與古厝之間的行道，低頭看著紅磚瓦與石板路，抬頭則仰望著屋宇的美麗燕尾翹脊和馬背橫空而出，排列陣地，把夕陽殘照的天空，也構畫得無限亮麗起來。惟從窗與窗口間，我卻常常偷窺到了屋內人家正在圍桌吃飯，或小孩伏案寫學校作業的情景，那些日常生活畫面，與那老厝的氣氛，讓詩和我總是恍惚了幾秒，並感覺年月流轉，世代更替，在如此安泰的日子中一直延長下去，那無疑是島嶼上最美好的生活。

詩不斷穿梭在瓊林、珠山和水頭老厝聚落，感覺恬靜、安寧、舒坦。時光緩慢，在木門銅環上纏繞，久久不捨離去。而從這些聚落之中，我似乎可以想像這塊島嶼的歷史，是如何在時日的遞嬗裡，深深隱入了那些時光的縫隙之間，或全頹逝成了廢墟上的斷井殘垣與青苔碎瓦。許多故事都在流離，在那些老厝與老厝相鄰的聚落裡，在這座海潮聲澎湃的島嶼之上。

而在這座島上漫遊了三個月，詩撿拾到了一些甚麼？從視覺聽覺觸覺味覺到感覺，穿過坑道和戰地遺址，遊覽過古蹟，徘徊於一些聚落的老屋門前，怔忡於頹毀之斷牆碎瓦的廢墟間，或在陳景蘭洋樓之下，聽在地耆老說著他童年宵禁時，所看到一列隊的鬼影從山坡夜色上滑溜下來的詭魅情景，那時成功海岸上的浪濤聲，卻在他的話語中，一波又一波喧嘩地湧了上來，然後把所有的故事都淹沒掉了。

詩卻在浪濤聲裡，不斷收集著自己四處遊逛的履痕，然後排鋪成了一首首長短歌行，有所思的，也無所思的，靜靜的敞開自己，成了那三個月中，行走於島嶼上的一分真實存在。

3

大致上，《島・行走之詩》（另有書名：《島嶼詩聲》）共分為六輯，主要如輯一【料羅灣的濤聲】，乃通過視覺與聽覺去書寫／刻劃對金門的了解，不論是〈在金門，錄下的八種聲音〉和〈夜中濤聲〉等；或通過懷想一些曾經在金門當過兵並寫下作品的詩人如洛夫與楊牧，且通過詩作與他們對話：或描述金門的草木魚蟲，如湖上白鷺鷥、鸕鶿，月見草（待宵花）、麥田和落日等等，以此記錄金門之美，以及某些看不到的變遷。

輯二【歷史的漫遊】則是刻錄金門的古蹟如：陳景蘭洋樓與其歷史、牧馬侯祠、明遺老街和沙美老街、舊金城北門、得月樓、北山古洋樓、節孝坊等等，從歷史建築中想像時間和歷史走過的故事，以及金門一代代人在這島嶼上的悲歡歲月。這一輯是與歷史對話的詩作。

輯三【戰地迴聲】意在銘寫金門作為戰地與抗共堡壘的歷史存在，戰地特色如坑道、軌條砦、播音站、廢棄的碉堡、戰車、菜刀，資料館、戰史館、特約茶室等等，展示了金門在軍事砲火中求存的艱苦和堅韌的生命力，風雨如晦，戰地歷史悲歌的餘韻，在這些「戰餘／遺物」上，均可看到一個時代裡，戰地歷史的血氣與淚光。因此這些詩作，是作為一種記憶，一種史的紀錄，在戰地歷史的迴聲裡，讓人深刻感受到了這一段歷史苦難的曾經。

輯四【潮汐金門】卻是呈現了歷經戰地風雨過後，走向發展今日的日常金門。在田裡挖番薯和在沙岸挖蛤仔的老人與小孩，尚義機場航班的來回起落，鍋貼飲食，海岸散步，老屋與窗子內外的生活家常，風獅爺的信仰，水頭碼頭的船行，聚落的共生和旅遊商機，以及小孩求學和所憧憬的未來等等，一一顯現了今日金門在潮汐漲退中，寧靜卻又充滿希望的未來。輯五【浯島之歌】則以歌詞的方式，書寫金門特色景觀和人情故事，展示了金門的一種存在姿態與風格。

輯六【古典的部首】卻是以律詩、絕句和古典詞等共十八首，記錄金門的歷史和人物，如：魯王、鄭成功、盧若騰及其賢厝故宅、吳稚暉紀念亭等，或名勝古蹟與個人感懷，且用古典詩詞奠祭所有在金門這塊土地上的歷史、人物與過往。

總而言之，六輯詩作共一百零三首（含組詩），由今到古，再由古到今，以長短行的詩歌形式匯輯於「島嶼詩聲」之中，由此敘述了一段戰亂的苦難到安泰的生活過程，島嶼的身世，景觀、古蹟、人物，以及歷史一路走來所遺留下的各種足印與銘記。

換言之，那三個月多，詩在金門的行跡，不論從視境與心境，景觀與情懷，詞語衍聲與想像延伸，都一一輻輳在這本詩集裡了。而詩集名為《島‧行走之詩》，正也呈現了「島」作為名詞的同時，也作為動詞之解；即島隨日月輪序而轉，許多變化、許多遷移、許多更動在時間大流中，不斷在進行著。而詩之在此，也隨體賦形，成了行走之島，一步一腳印的，展示了行走時所看到的外在景觀，以及所思所感的內在情態。使得詩、島與個人，在流動裡，遂有了某種存在的意義。

最後，這本詩集得以出版，則需感謝金門文化局許正芳局長的支持，黃明芳專員的協助、以及總編昭翡和主編蓓芳在短時間之內的促成。是以得此因緣，浮光裡遂有了島嶼的詩與詩的歌唱。因而此時此刻，心裡除了感激之外，亦備覺溫暖。

第一輯

料羅灣的濤聲

在金門，錄下的八種聲音

a 栗喉蜂虎鳥鳴叫

噗哩，噗哩，點亮了星火
明滅於尖喙
之上，與之下，穿過枝椏
夏的風聲
與浪的尖叫，對峙

滑過尾羽的歌，藏入心谷
耳間，等待
寂寞的時刻，扭開，就是一曲
深深的思念

b 料羅灣的濤聲

浪拍過了浪，呼啦呼啦，如雷聲
轟轟，捲過雲煙
四處驚走的瀰漫，傾耳都是
潮溼的夢
漂浮在無邊無際暗黑的夜裡

潮漲，潮退
我是晃盪的小舟，纜繫沙岸
在料羅
臂灣，恬恬的入睡

C 麥浪金黃的沙沙

那一聲沙沙，沙沙，像時間
發芽和開花
溫暖地
和沉沉下墜的夕陽，對話

聲音裡，飽滿著祕密
黃金般的亮
沙沙，沙沙，輕輕刮著我
逐漸老去的年華

沙沙，沙沙，田裡的雀鳥
啣著一粒粒金沙
飛入我的心口，不斷鳴叫
沙沙，沙沙

把我叫成了一夜的麥浪
醉倒在
風裡，酒香浮漾的沙沙
沙沙之上

d 太武山上的風聲

天風穿過隙道而石轉，而佇立
峭壁，讀昨夜之星
渡河，化作馬蹄印，躍上獅子岩
進入巨人之舌
敞開胸口而大聲呼喊：來吧
來吧，風激越如刀
削我記憶

成為一聲一聲的哨吶，攀向
日月的峰頂

而髮翻飛如雲，流洩千里
呼呼，唱盡
悲歌，一曲天地無悔的大誥

來吧，我輕輕把
所有的呼號，納入
心口，輕輕臥成了一片
孤高的遼闊

e 霧之無聲的茫茫

白於漂浮，白於迷茫，白於

無聲的瀰漫
白於一片寧靜的空無，有歌
大音如來
碰然巨大，如神的衣袖
拂過時間之上

因此只能凝眸，噤語
聽渺渺之歌
以無聲之聲，圍襲而來
而去

而以綿羊之咩咩，一群群
消失在
五月島嶼的邊界

f 木麻黃之歌

風的呼嘯，鬼魂的咻咻，越過風沙
越過刀斧手的砍伐
咻咻，歷史流下了眼淚，為站崗
老兵，獨唱輓歌

咻咻，咻咻的搖落，砲彈之歌
那躲藏的童年
在濃蔭的盛夏，聽蟬唱
七月流火
燒過了一季蒼茫，黃昏的日落

日落咻咻，咻咻的逐漸消散
在水泥部隊
橫衝進駐，而擴大，而推遠向

蕭瑟的秋

荒涼於哀傷之曲
最深，最深的痛

咻咻，咻咻於越來越疏稀的
絕唱

g 播音牆的喊話

已錄成音，時代
翻出了白骨，紀念一種砲聲的
失去，血色的淡淡
記憶

何日君再來，遊客的耳際
懸著兩岸
潮浪的呼喚，在晴朗的日光
之下，站立
自己孤單的影子

播音牆邊，夢養草、時光養石頭
養心
並看一朵野花蔚然的
在詩裡盛放

h　沙溪坑道的寂靜

被寂靜灼傷的耳蝸，警覺於
歷史的回聲

狂放，踐踏出一條長長的
隧道
而每一塊花崗石，都在守護
自己孤寂
之火，燒炙出一朵朵
瘖啞的希望

此刻，無人枕戈，無人待旦
風暴
橫掃過後的空洞，只剩下
一批批遊客踏步而來的唏噓
唏噓的凌亂

在坑道裡讀洛夫〈石室之死亡〉

用三月春寒鑿開堅硬的額頭
皺紋四處竄逃
逃向黑暗的坑道，深入生命的核心
逃進
砲聲不斷左右轟炸的
石室之虛無

一盞燈熄滅了另一盞燈
花崗石的
天空，有悲傷的黑鳶不斷在
無極的雲壁上
盤旋

盤旋而
等待，啄食恐懼的靈魂
死亡與
伸入前方晦澀不明的詞語

存在躺成荒原
只有影子跋涉在自己的影子上
將日子
耕犁出了一列轟轟的雷聲

目盲者依舊目盲
在霧拭亮了一隻躍過想像深淵的
鹿
他卻看到了
一朵朵在空中緩緩綻放的
梅花

當擦亮火柴時，蝙蝠的倒影關閉了
整個入口
咳嗽聲驚醒一個世界，風的方向
正從三月吹來

而囚室裡沒有溫度計，體溫如雪
等待溶解於
碉堡窗上一個瞄準歷史的
槍口

此刻，有人把童謠封緘
在一副
蓋掉了出口的棺材裡
並從詩句上
企圖尋找一條死亡之外的道路

穿過各種趨向暗室歧道的
意象叢
用高粱酒燃燒肝膽，焚亮
眼睛，讓詩
不斷向前，迎向所有生命的
呼喚

呼喚出一種明亮，光以及
黑瞳裡
一枚小小的火焰，張開
翅膀，飛出了
一隻
浴火的鳳凰

所以必須穿越，六十四首詩
神祇鎮壓的

隱喻，循著一行行文字的傷痕
穿過去
穿過去了，就會看到一枚
燦燦
東昇的太陽

料羅灣上的詩
——兼悼楊牧

我在吉普車上看它如貓咪的眼，如銅鏡，如神話，
如時間的奧祕——楊牧〈料羅灣的漁舟〉

午後的海有詩浮盪，在灰與藍
之間，時間凝固
把遠方的船隻留在鐘擺停頓的
方向

我從詩人的文字裡走過，腳印
深深，陷入
惕逝的沙岸，遙望

浪翻開的一頁頁神話，關於夢
和詩
遠去的泡沫

船已躺在海的詞語中睡去
一隻水鳥
掠過，停在午後詩的臂彎，閱讀
我寫下的詩句：

「沒有雲的訊息了，當風
拭掉天空
茫然於沙灘上的空闊
無人，只有
沙貝、木麻黃和鬼針草，靜謐
聽取了許多
時光悄悄走過水湄的祕密……」

永恆如此遼闊
詩人卻不斷走過自己的詩句，然後
在湛藍的貓瞳裡
與我並坐，眼睛卻盯著遠方的船
說：「靜止的
　　果然是靜止嗎？」
午後灣海的浪聲，一陣陣的
把我淹沒

鸕鷀在慈湖上寫字

冬的過境，蒼茫的天空有龍蛇
游動如行草
揮灑出萬雙翅膀拍亮風聲
拍打出
一種流麗的書寫風格

那凝聚的生命，穿越了風雪後
都把夢養在
慈湖的木麻黃叢林上，點捺
輕重，渾然
天地紛飛的墨跡，沿著海岸
虛線，或濃

或淡，飛出一行行壯美的文字
而湖面如宣紙
拓印了詩句，映成點點的湖影
浮盪於
飄飄然的灑落之間，或棲止
不動，如
山水，墨意的灑潑

當紅毛草逆著黃昏的光，搖曳
時間的呼喚
墨行噪動於線條的排列，橫的
復返，直到

四月西南風喚醒了大霧，老人
瞇眼，看

無數筆墨，如龍如蛇
向北
氣脈一貫，揮灑而去……

棲止於太湖島上的白鷺鷥

羽落的雪，飄飛於一首詩裡
落在三月
島上枯樹之間，無限靜止於
禪的涅槃

或掠過湖面，照影的驚心
孤獨的凜冽

從光復移至華夏，島中之
島，啄開
一朵雲，垂頸弧美向水間的
沉思

當黃昏的流金斂於羽翼之下
埋入很深
很深的漣漪裡
歲月的祕密，都隱匿於湖的
一瞬光影

亮翅，如一線白光劃過
渾沌，消失
如雪花
融化了天地茫茫的蹤跡……

落日的麥田

被落日烤熟的麥影，讓風篩下
火焰的浪
閃爍
黃金啊黃金的一波波明亮

生的凝望，有時光滑過
不死的堅強
一粒麥子落下，一片麥田回應
夢與希望

四月是一個美好的回望，麥稈撐起
無數首詩歌的篇章

在五月

梅雨尚未來到之前，孕育出
一顆顆孤獨而
飽滿的思想，面對生命的謎語
叩問與回答

尖銳的麥芒，嘗試接住整個天空
開出一片遼闊
存在的圓熟，也逐漸煥發
一種
目光的溫暖

麥子啊麥子，在落日之夏
沉思
時間的重量，並且傾聽

世界和世界，在自己體內
纍纍
撞擊出
一聲聲，安靜的回響

還我河山

氣吞山河，河山已吞入海濤之中
壓入，滾滾
長浪
翻捲了多少歷史的呼聲？

風雲依舊在胸間激盪，千帆並舉
在夢裡
等待衝向一首史詩的沙岸，狠狠
撞擊
那蒼茫的天地

而烈火燃燒，高粱酒後的狂歌

如鷲，拍翅
搏入長空，衝向大風
對峙
日日潮來潮去的濤聲……

（碉堡空洞，已讀不懂
時間的回響）

花崗岩仍堅如磐石，駐守所有
死去的鬼魂
以沉默撰述一則流離的故事

旗桿筆直，繼續與時間角力
（啊，即使旗幟破碎，吞吐餘恨
仍要隨風招展）
把島嶼撐起

撐出了兩岸茫茫的壯闊
「河山，還我」
鯤鵬絕跡後，海天一片朗朗
歷史搖曳
在風中，依舊拒絕
回答

天井的月光

月光從天井偷窺庭院的兩甕酒缸
靜靜養著一闋
詞，依偎在古樸的花崗石磚上
唱〈畫堂春〉：

「晴光晚照夜遲遲，瓦間新月迷離
瑞爐風動篆煙低，夢裡依稀

光影花台似錦，窗前燈景催詩
幾番風雨去來時，一宿安棲」

門閂扣住了一個古老的愛情，在窗下

歲月記錄離去的腳步
那年的人，那年的故事，那年
都已開成了花
與時光一起，徐徐的走過……

我們把天井上的月光，請到屋裡來
坐一坐，聽它述說
四季的開落，燕子在屋簷築巢的
穿梭，夢正盛放
一朵又一朵，安靜而恬美的歌

那些遠去的收藏，釀成了一壺清酒
在天井，我們圍坐
歲月在左，歲月在右，歲月在中間

我們舉杯

向所有的走來和逝去的年華
靜靜的乾杯

在中正林園觀落日

當一枚落日穿過疏落的林間
我似乎聽到
窸窣聲響，從枯槁的枝椏間
移動，緩慢而
不停留地往西邊樹叢墜落

我似乎聽到，一些情緒微微
微微浮動
於心的空曠之野，搖晃了
一首
未能成形的詩，在氣溫逐漸
降下的時刻

暮靄也即將降落，在夕陽
之後
我似乎聽到，呼吸
低沉，徐徐
穿行於林間幽謐的小徑

而更遠的地方，會是甚麼呢？
我佇立
卻阻止不住夕陽的落下，阻止
不住，霞光燃燒後
夜的灰燼

此刻三月，卻已是深秋了
我似乎聽到
夢已遠行，然而我仍然
佇立，微微

彷彿
在等待一場遲來的霜雪……

在金門，飛機降落的時刻

從一萬公尺之上降落，機窗下的雲
撥開了晴朗的心情
摺疊起夢，將一切想像收好，夾入
一本金門詩選集裡
並放開一片蔚藍，天和海
遼闊的相望

降落，八千公尺之下
島與大陸模糊成高粱酒涮過喉嚨的
火焰，清醒
喚亮了一雙俯瞰衝下的鷹眼

霧還留在四月那裡，明媚的陽光
笑出了
五千公尺下的東碇燈塔
歷史孤立在塔上
張望，春秋如浪濤一波波的
來來　去去

大規模的寂靜，卻隨著眼睛一起
滑下，看花崗岩
伸出臂灣，攬住了每一朵拍岸的
浪花，溫柔安撫
回憶裡
那曾被雷聲驚嚇過的童年
復國墩邊的海龍水蛙依舊隱沒在
礁石的背後

山河，早已在胸口崩潰成一行
哭不回去的淚

只有太湖，恬靜地承接住了投影
在水面上散開
三月的春意，搖落了太武山迤邐
而來，一脈的樹影

而時間之翼退後，時間之翼繼續
向前，跨過了
陳坑與海岸，尚義村的聚落點點
如逗號，等待
一行，又一行現代詩的走過

眨眼，屋頂還原為現實的大
滑過去了

一座兩座廢棄的碉堡，星的祕密
防空洞的暗
民國一〇九年三月二日，我聽到
遠方
一叢叢月見草在唱歌

海邊月見草

讓所有岩石都開成一朵火焰，吞噬
時間的白骨，夢的深淵

遊唱詩人遠去的足跡，依然排列
一行未唱完的故事

而守候是一輩子的事，一日的生
一日的死，等待
花開花落陰影下無聲尖叫的自己

如此幻化於島
砲火盛放的夜暗，或白晝悄然

走過的空寂，誓言
根著一片空闊的遼望，向西
向南，向雄獅堡
與料羅灣長長的沙岸，摘下了
黃昏裡的一枚夕陽

夜宵的黃，隱藏了思念
癡與愛
張望又張望，在島嶼偏旁

苦苦等待
你從遙遠的海上，乘風
徐徐的歸來

料羅灣之昨日

那放任的海灣棄我而去，棄我而去
的那片浪，那艘船
都被時間之刀斷成秋水，斷成了我
叫喚不回的記憶

去去昨日，大浪放歌，砲火轟轟
都不可留，去去
深埋的地雷，叢生的瓊麻，帶刺的
歷史，鏽蝕的軌條砦
去去，走過長長海灣而寂寞的老人

不可留，大夢如霧

與掠過浪尖的黑鳶，與戰火
遙遙的相呼

礁石亂疊，激起千堆雪花，像詩
擊節，而去

去去，不可留，一個轉彎
大風起，大風落
在碉堡與碉堡
之間，料羅灣上的一個跌宕

並坐如觀音
看無數枚月亮，從潮漲潮退中
升起和
降落，而去去，去去而棄棄

如風裡的揮手，如昨日之
臉，閃逝
閃逝而不可留

夜中濤聲

1

夜裡聽浪，海天都暗成一面
墨色，只見
一條又一條白線奔騰而來
轟轟如雷聲
不斷敲擊我心中磊磊的岩石

潮水都漲上來了
淹過我的膝蓋，我的眼，我的眉
抬頭，世界還是一樣
的黑

我蹲下，成為浪濤，一波一波
拍打自己的回聲

2

我醒著，和濤聲一起坐下
用螺的聽覺
收藏浪花悲歡的呼吶

漆黑裡的眼睛，醒亮
如星
炯炯於潮聲之上，安靜的
禪定

被捲走的細沙，嘩拉拉
喊著虛空

如夢來去的幻滅

自日，已全收入口袋裡
安靜的睡著

因此我坐下，坐成了一片
夜的漆暗
與浪聲一起沉沒

3

遠方有船燈閃爍，如螢火
照亮
我深黑的瞳孔

浪不斷湧來

湧來，如馬蹄的疾奔
踏破了
無數的泡沫

我站起身，揮一揮手
拍岸的濤聲
以雷霆喊說：再見，再見
一聲聲
轟轟，轟轟
把深黑的子夜，狠狠的
戳破

第二輯

歷史的漫遊

陳景蘭洋樓詩誌

A

鏡頭推遠，越過了浪聲
然後焦距縮短
退回
畫面，並放大光影，讓視點
重新說話

i 民國十年

陳景蘭從新加坡，提著一藤箱

裝滿
赤道風回來

陳坑四月的風雨正走過山溝
佇立，仰望
天地在此，開出一片海藍的
壯闊

雲在構思自己的宮殿，西洋或
閩南的風格
混合旅途和命運的想像
將南洋
茂盛的木槿，根植在故鄉的夢裡

夢裡有井水汩汩
呼喚在時間裡遺失的小名，從上坑

往下
一個轉角的消失

當樓矗立，打開窗口，海色洶湧
拍入屋內
料羅灣的濤聲，也日日
夜夜
隨著屋後童音朗朗的書聲
一起奔跑

那年，漁村搖盪著一首南洋的歌
和孩子書寫的文字
全被記錄進每一頁的波浪上
翻身，向世界
每一片更寬廣的沙岸湧去……

B

轉換的鏡頭，濾過光
黑白明暗
變換色彩成一種灰，在時代
拐彎的地方
樓上樓，有人唱出了悲歌

ii 民國二十六年

火的祕密和洞穴，隱藏了
一枚紅色太陽
四處燃燒出一個個黑夜，把夢
和燭火
一起吹滅

閣窗緊閉，日語把樓掏空
卻裝滿武士刀
和槍
以及傷者蜷縮在淚裡的鄉愁

而料羅灣的魚
早已游向南洋，雨林最深的
溪流深處

風雨卻屹立，在民國
八年
抵抗灰燼，鎗火的虛無

等待颱風尾掃過的秋天後，有人
在樓上喊：
潮退了，光正從南方走來

走來的一朵朝雲，靜靜的
罩住樓頂
讓窗打開，讓島嶼上的海風
都可以
從此，自由進出……

C

注音的國語，述說了一個
鏡頭寬角
在影與影交錯的空間，在光復
後方，拉長
時間的縱深，向被炸破的
一段歷史
填上了小小的注解

iii 民國三十七年後

從北撤退，再退
再退到海上的堡壘，退到南岸
固若金湯
一座洋樓的內部

在風暴捲來之前，樓的每扇門
都接納了
退守的殘伍，戈的敗部

樓下的花崗岩，也以堅硬的意志
沉默防護
島嶼上的家
坑上
坑下，牧馬侯最後的故鄉

而古寧頭的傷兵，曾在
樓板上書寫
一封寄不回家的薄薄家書

金門高中的學生，曾經穿過
樓下的廊道
站在雷電交加和浪聲前面，與遠方的
砲聲，一起唱歌

時間走過，夢如漆剝落
月光舔過
欄杆上的一些風霜，隨著浪聲
晃蕩到了遠方

塵埃離散，紛飛
在時光裡，閱讀一冊島嶼

穿插過
無數坑洞的傷

樓還在這裡，還在接納所有的砲聲
衰老和傷亡
接納戰火的踏步，愛的宣言，接納
日子來去的休閒
並攤開
風行過的路，在一張張殘黃的
老照片上

一百年了啊
當陳景蘭走了回來，坐入
照片裡，頷首
微笑，輕輕地說：歡迎光臨

（對岸的遊客，隨著導覽員走入
時間的迷宮
想像南洋，開出的花朵，在
詞語四處飄浮的
潮汐上，一波一波，擁抱著島
島上南方亮麗的陽光）

歡迎光臨，風雨走過風雨
浪聲翻過浪聲
再開窗，料羅灣的海天，依舊
平安　靜好

D

關掉鏡頭，數碼相片都被儲存在
島嶼的記憶裡了

一個老人走過，光影明暗，一步步
走過，僑鄉和戰地
曝光的
金湯公園中，走過
自由女神下的陰影，走進詩裡
最後的一行
寂靜

山外車站

掛在座椅上怔忡的眼睛
似乎
害怕公車與時間
一起開走

駛往南雄育樂中心的車子
早已絕塵而去
（284師登步部隊都消失在
光的霧裡，雄獅戲院
也早已散場）

有人等待，在午後
出發到那年報到的連營，金沙
陽宅，五十年
埋下的砲聲等待開成了花
有人在這裡，找不到
早已離去的自己

而3號公車到了，從金城
載來一批批
雲煙
消散了所有青春的華年

從右側的7－11出來
車站裡的老人，卻把回憶
細細
摺好，安靜

坐著，看無數公車，無聲的
在煙塵裡，來來
來來又去去

莒光樓

晨雨越過莒光樓遠去，潮濕了
一片記憶的座標

雲低低壓到了我的心裡，揮鞭
是風的呼號

向北，登高眺望
蒼茫霧中
已看不到巍峨的江山萬里
只見

一隻白鷺鷥孤獨的向南飛走

林野寂寂
只殘留一漥歷史的水漬

而胡璉將軍仍守在三樓，按兵
不動，冷眼
觀看樓外的風捲雲散

從賴生明的題字裡走了下來
背對著
雄偉的樓，我的夢全已被
放逐到了遠方

遠方
島嶼，天光明亮

夜色裡的模範街

（晚來翻讀整條街的光陰，仍可聽到
四百年前
延平軍隊在內校場呼喝的聲音
金戈舞動，風雲
激盪）

五腳基的風，穿過空洞無人的廊道
夢翻過了身
睡入一列青天白日旗下的陰影，久久
不肯離去

（仍可聽到，每塊紅磚疊起的心事

以丁字
書寫南洋的記憶，以及一首詩和
故鄉的流離）

瘟疫的新聞四處遊走，只有三兩
麻雀
落在旗桿上
啄下，一枚街頭的落日

（美軍的轟炸，仍然清晰地從巴剎和
2號屋的內壁傳來
時光搬運時光，修補了一個時代的
破洞，把
最黑暗的角落扶起，讓故事繼續
延長下去）

捻亮街燈的詩，把一個孤單人影
拖向
一個音節，一個音節，走遠了的
踏步的回響

（或許耳蝸裡隱隱，還留有八二三
砲火的煙硝
餵養迷路的風雨，以及苦難的想像）

我用數位相機，框住了一巷長長
短短
黑夜裡明亮的歲月，框住了
一個百年
後浦的大夢

從這裡走出去，夜垂下

到了我的耳旁
似乎說：
明天，明天會更好……

豐蓮山牧馬侯祠

從傳說的詞彙裡翻出一枚星辰
照亮幽古
一群馬奔騰的蹄印，踢踏出了
一地
肥沃的番薯

放牧的風雲，以及不羈的浪
都被豢養成
島嶼上的一片雲影
天光

五穀滋長，山林回應了呼喚

在馬祖
躺下的地方，歲月啊歲月
無限的悠長

而陰陽在此無聲交談，深埋過
祖先骨骸的
故鄉，諸神都在此相互守望

颱風掃過，砲火炸過，地震
輕輕的晃過
全被供奉在廟前恩主公的臺上
並被鎮壓成

裊裊煙火，護佑浯鄉，人人都能
在島上
安居樂業，出入平安

舊金城北門

無法抵達的昨天，那消逝的城
睡入史冊
成為殘碑上一行剝落的文言

六百年前只能是想像的圈點
古老的城牆
是落筆的眺望，穿過暮色
大夢
隨著閃電，一起傾毀

而明末是一場虛無，和煙對峙
留下了

語言的泡沫，霧氣的部首

那些住在前朝和前朝的人呢？
晃動如光影
明滅，從城門口出去後
就不再回來了

歷史的舌頭都愛說話，光陰
漫長，跨過
垛堞，雲天之下，俯瞰
島嶼的城國

倭寇的船隻早已退走，如浪
翻逝了傳說
在詞語的邊緣，跨進重重的
黑夜

夜裡調動光圈攝下嶄新的城牆
城門有光
路燈照落一街荒涼，一明
一滅，引領
老靈魂
尋找一片已經失蹤了的天空

而抵達無法抵達的昨天，我穿過
島嶼甕城
舊時光裡，早已不存在的
魔幻時辰

黃天佑番仔厝

一冊南洋落番的前世書，書寫了
隱密的流離
時光低頭敘述了一段滄桑，夢
渡海，笑說
番仔厝背後水浪晃蕩的翻覆……

故事在醫者的腔調裡流轉，懸壺
濟世，遙遠的側影
拓印在
流水的岸邊，家譜的名姓之下
老街上有人走過，跨過時代

回頭探望
帕拉迪奧式的洋房，錯置於
明遺的石板路上

穿過了醫師的聽筒，走過了百年
孤寂，生和死
輕和重，讓砲火點燃後的一盞燈
分出了
歷史的明暗

光陰已經裝訂成
一本回憶的殘卷，夢繼續
跨過
走成遙遠，遙遠的
沒有回聲

明遺老街

太陽老了，照落明代的石板路上
無數鬼魂走過
留下寂靜，閱讀走得很累
很累的時光

燈暈開的影子像謎語，坐在屋前
垂釣暮色
並把黑夜拉長，向一頁
殘舊的經書

老屋更老，裝飾了六百年光陰的
修辭，修補過斑駁

並空出一行老街，不斷讓時間
走過

那些磚瓦都耳聾了，駝了腰背
睡入自己的影子內
隱隱，仍聽到賣菜的呼聲，遙遠的
從夢裡穿透而來

穀雨昨夜已經來過，無數春秋
把記憶搬走
太遠的，都已成了傳說
釘入一片風聲
與迴向殿的香火，散入一街
虛無

旅人漫步而過，把夜色和老街

收藏在一首詩裡
留給背後，矮檐下的青苔，繼續
唱了一首
又一首，早已消失的老歌

得月樓的風聲

月被槍口瞄準的時刻，眼睛與
夢的距離
只是夜晚和白晝的等長，燈熄
燈亮，鐵鑄的
窗，把那年的風聲都囚在
深深的回憶裡

雲守住了寂寞，從一頁殘黃的
史冊，凝視
砲火點燃一個時代的黑夜
並且抄錄了
時間走過時留下，最滄桑的

詞語

聚落圍成的死生，交互光影
都託付在
樓中的守望，牆垛的銃眼
守盡了
百年的黑夜

而月光翻過了高樓，翻過屋宇
鈎住了
水頭的夢，翻過了日殖
翻過了
國軍踏步而來的鞋印
翻過了
一地煙硝和砲聲留下的陰影

那一聲聲敲過頭殼骨的風聲
也撬開了番仔厝
風化
門板上一對銅環的輝煌

當荒草悄然侵入，忘了年月的
夢，全被南風
吹醒，搖曳著一朵花的驚魘
向漸暗的暮色
閃入

閃入于風聲的吹打，星芒在
女兒牆上
發光，閃爍了一百年啊
只等待
明日遊客隨著陽光，舉起相機

瞄定
把時間拍成一片雲水的顏色

沙美老街

時光攀爬上每一塊老去的磚牆
探頭，問仁愛街：
所有剝落的裂痕，都會開出
夕陽裡的雲朵嗎？

一輛輛採購夢的軍車，駛離之後
遺棄的落日
照出了一街的荒涼，靜靜的
只讓靜靜走過

走過碎瓦，走過殘缺的一角記憶
看一隻黑貓

無聲走過鏽蝕的鐵窗花下，轉彎
走入信義路
一首褪去了意象的詩句裡

網結的鈴鐺網不住繁華，昨日的
昨日，五彩的燈籠
照不亮文創的牆角，只讓紅磚路
帶向頹牆中
可以用夢打卡的摩洛哥虛幻
之夢裡

關閉的店門和斷垣，卻熟讀了離合
悲歡，歲月
崩塌後，早已搬空的故事，有燕子
來回的穿梭

巷口的落日遲遲，翻過了洞破的屋簷
沉沒，如
無數沉默的詞彙，等待一盞燈
從街尾
盡頭，沉默的亮起……

邱良功母節孝坊

三百年前的經卷，和香火，壓住
一街夕陽，寂寞孵生
市井上熙攘的人影，來去穿梭
而浩浩蕩蕩

閨中的洞穴，飢餓的吞吐
煙火，這長歌
不歇，火過，兵過，炮過
笑過，哭過
都成了過眼的雲，在島嶼上
悄然的飄過

燕子重回，在牌坊上棲駐，閱讀
石柱的冰心
夢與夢裡啁啾的呢喃

街上小吃店中的廣東粥，正騰騰
冒煙，花生湯
翻滾，在鍋裡叫著一種痛快

靈濟寺的觀音航遊普渡，尚未
歸來，只有
蚵嗲攤口，排隊的人還沒離開

牌坊依舊鎮住母土
那貞潔忠誠，後浦老街懂得
考古，功名
與塵土，都是彤管下墨痕的

遺事

百年雲煙，石獅懂得，仍嬉戲於
影下，把時光
踩成一片煙霧，或晴雨如常的
一街
國泰民安

金龜山遺址

想像，不斷從貝紋上
挖掘出了
八千年前的路徑
一路延伸向
史前一片海天的無極

天地赤裸
在這島嶼之上，風
把初民
狩獵的足跡，都吹成了
傳說

細繩紋陶的碎片，沉默
述說著
時間曾經在此的走過

羊群在前，禿鷹在後
神和鬼
在中間，在雷電轟轟
交會的時刻

石頭磨擦出的火光
照亮洞穴
最深最深的黑暗

與蝙蝠倒懸的影子
一起深埋在
日子與日子疊起的厚實

土裡，等待

考古隊伍手中的探鏟
一鏟，一鏟的
細細去探問遠古的訊息

當想像，穿過一些動物的
殘骸，從原古
走了回來，很遠的一條路啊

抬頭，卻看到
金龜山的環山道上，有車
緩緩，消失
在山的另一頭……

浯江書院

朗朗書聲，是孩子們向老師
致敬的聲音
在舌尖上，起立和行禮

詩書卻都種成了樹，開成了
花，在浯江
美好了一片土地的風景

所有書寫的文字，也都習慣
在島嶼上散步
或開窗，請天地進來聊天
論學，談一談

天理與人倫，切己而行
的道理

墨筆傳家，點染出了兩隻麻雀
在屋簷上
吱吱喳喳，啄下了幾片浮雲
與孩子們
快樂的坐下，一起
閱讀經書

而天光仍在庭院遊走，穿過
講堂，靜立在
古今時間交錯的朱子塑像前
揖禮，鞠躬

且繼往開來的，堅定守住

日月，讓春秋
攤開成了一個時代的長卷

朱子祠的檐廊
寂寂，讓所有腳印行過
並傾聽
時間，坐進時間裡，然後重新
將四書五經
朗朗，背誦而起

睿友學校

最後的鐘聲敲響後，青苔
讀盡了
一階梯歲月的滄桑

風雨也叩問了許多南洋
寄來的訊息

碧山的僑批，全都遺落
在夢裡
墨跡漫漶，如走過異鄉
的淚，把鄉愁
叫成了一片煙霧的瀰漫

回首，向一張書桌學習
謙恭的話
學習低頭，寫出先祖
過金門的
故事

而睿友
卻把自己躺成了故鄉學校的
一行名字
包容所有愛，勤勞以及
睿智的輝光

西洋樓裡生養出一批批的知識
排隊、成長和
出走

並穿越
日據時期、國軍南渡，穿越
風雨如晦
一片歲月鏽蝕的殘破

學童們卻逐漸老了回憶，蹲在一個
一個碧山故事裡面
搜尋，自己遺落在閣樓中的
讀書聲

而時代從陰影裡走了出來
樓磚剝落
繼續唱著一首歷史的歌

（八十年，全被定格在古蹟的
鏡頭下

光影重新被整修，並且重新
書寫
一種粉刷後的重生）

南洋的草木早已退遠，在
文學館前
被詩的想像捕捉，排列成了
一行
又一行詞語的風華

並且竚立
如一首百年豪壯的悲歌

古寧頭國史館

雷聲交換了一枚歷史的火焰
風雲和海濤
擊掌，拍落了所有槍彈
呼嘯的吶喊

痛不是肉體的哭泣，不是
血的書寫
不是仇恨咬牙切齒的殺戮

是夢找不到回家的路
眺望
被海風吹走

眼睛
看不到故鄉的影子

檔案裡睡成文字的古寧頭
孤寂的
留下血色的痕跡，炮孔和
一張張圖片
排列著無數名姓，走進了
時間
沉默的大霧

如熊的坦克依舊留守，鎮住
記憶傷口，以鋼鐵
金門，鎮住一波濤又一波濤
洶湧
鎮住時變，日月的天光

戰硝全被鎖進玻璃櫃裡了
讓遠去的砲聲
凝固，成為一群群參觀者
漆黑瞳孔中
一點，一點小小的寂靜

和平牆

當槍孔都化做遠天的星星
當砲彈都開成了
夜裡煙花，當夢不再被
驚醒，鴿子
撒落一片月光的潔白，展翅
拍出了
一個島嶼上，無限遼闊的
天空

「草芽綠遍了
流過血的土地啊」

小孩跑向草坪，仰望精神堡壘
而和平
在牆的後面，不斷召喚光
燦爛的微笑

風跟隨在後，溫和的尋找
遺失的足印
吹亂了的記憶，被刻在
純白的牆上
在句子和句子之間，迴盪
和呼喊

鐘聲敲響的時刻，每個孩子
都找到了
一窗燈火，照亮
回家的方向

北山古洋樓

每個彈孔都在呼痛，歷史
鑿開自己
卻是血肉模糊的一片傷慟

窗都已經盲目了
回憶斑駁，只留下無數
砲火的碎片
鎮壓住了所有黑夜的哭聲
磚牆早已剝蝕，風沙掩過
時光孤寂
述說一樓子黑暗的恐懼

舊蛛網捕捉不了
那年戰火的訊息，赤日的
大軍
駐守的雷達，全都退進
煙和灰裡了

巷內的風聲，依舊無聲吹落
安詳的沙粒
並閱讀燕子在屋簷下築巢的
啁啾聲
快樂的唱出了北山村的風光
閃電卻已從恬靜的生活目錄中
刪掉了
刪到只剩下一塊

巷戰的碑誌，以石頭的冷漠
述說：那年啊……
那年啊，古樓上的無數彈孔
空洞的回響

李光前將軍廟

將死亡收藏起來，攤開
一朵血
盛放如廟前夕陽的紅霞

林厝的煙硝
已化成爐上裊裊的香煙
升空而逝

口令哨子，早已稍息
軍裝仍在
青天白日仍在
忠烈地分守一廟一堂

而明天的風
不知道會往哪個方向吹？

麻雀啄下了一粒寂靜
在塑像前
故鄉走到了死亡的背面
叩問時間
：「還回家嗎？」

將軍默默，只目注前方
暮色
和海上燈火亮起的方向……

八二三戰史館

八二三戰史館

煙硝撞擊煙硝，歷史撕開了傷口
海上的大霧
掩向夜的沙岸，侵入夢鄉
驚起了
一隻樹梢上的烏鴉

「那年……」

玻璃櫃中的炮宣彈沉默的聆聽
陳列圖文
說出哀傷的心事：那年啊……

時間凝固在舊照片上，釘死
一列又一列
名字，在忠烈牆的名錄上

「那年啊……」

肉身圍成的山河，被複製成
一張張黑白圖像
與卸下的雷聲，喑啞的
面對
時間無聲走過

戶外，一五五公釐榴彈砲
寂靜
面對漠漠長空，彷彿展示：

「那年啊……」

巨大，寧靜的空寂

第三輯

戰地迴聲

建功嶼

穿過百年潮浪，霧中的眼睛
極目眺望
遠方朦朧的島影，而大喊：
胎哥礁！

招潮蟹躲入恐怖的心理，蒼鷺
低低
飛過潮間帶的記憶，一枚夕陽
倒影在
綠藻低窪的夢裡
雲正在搬運一朵砲火，如曇花
開開落落

瘦瘦的歷史被瀝過了鹽分，在
鐵蒺藜
和碉堡的圍牆中
重新命名，軍戎卻如一排排的
軌條砦，等待
金廈洋流一波波來襲時，建功
保國

屹立的堅持，花崗岩般頑固
守住島
孤獨的版圖，讓一對對的鱟
流走他鄉

烙傷的回望，埋伏了一枚地雷
在歷史視線
之外，一艘艘軍艦，逐漸

駛離

最後只剩下牡蠣人，守候一條
寄居蚵殼的
石板路上，吐出蜿蜒的心事
迎送一批
又一批的觀光客，走向島嶼
蒼灰的霧裡

而一隻鷗鳥卻靜靜
棲止於鄭成功的石像肩上，高高的
凝視遠方
一片隨浪洶湧翻來的茫茫
海色

北山播音站

隔著久遠的時間，呼喚的回音
繼續在風中飄浮

自由、民主和一首唱完了又唱的
甜蜜蜜
隨著步行和向前的眺望，跨過了
寧靜的空闊

海依舊陰晴不定，前方看透和
看不透的蜃影
在三兩顆鳥鳴掉下來的聲音裡
搖曳不定

四十八個擴音孔
積累了五十三個夏天的陽光和
雨水，削去
記憶裡的鹽分，讓鳥
掠過的陰影
自由的飛向遙遠的彼岸

風不知從哪個方向吹來
一些回憶
已被拆掉，剩下的另一些
輕輕，柔柔
只唱給此岸的浪濤聽……

長春書局

光影堆疊的夢，一排一排
一排一排的
和十萬大軍撤退到故事的邊界
在日落斜斜的黃昏，雲從山外
湧進了店裡
翻閱著一行寂寞的詩句，而
室內的燈
照出了一片靜謐的蒼茫
時間卻不斷捲走了日光，垂釣
煙塵，傍晚

那些從小說裡出走的秋蓮、冬嬌姨
春花和烏番叔們
穿過文字曲折的稜線，串成了
視窗文字檔上
不斷往前閃逝的一行行時間

書孤獨的翻閱自己
在數碼虛擬大軍占據的陣地
拔紮離去的
是書頁上四處離散
瘦弱的
蠹蟲

最後只剩下一顆白髮蒼蒼的頭顱
仍堅持豎立起
一杆不折的旗幟，在荒蕪的

歲月中，吶喊：

「還我河山！」

歐厝戰車

時間被遺棄在潮水退走後的
記憶線下
黎明被鏽蝕得只剩下黑夜了

沉陷的日子
依稀有砲火亮過的一生，繁殖
哀傷，以及
一片虛無，遙遠的一首
命運之歌

當所有的火焰都熄滅為海洋
炮口喑啞

卻堅持朝天的射擊
射下
一片壯闊的蒼茫

孤寂是一種展示，傾斜的
蒼涼，夢中
依然潮水澎湃，在淹沒與
裸露
之間，漂浮著無數
獵奇的目光

海風吹走的打靶聲，那年
依舊在浪裡
浮浮，沉沉……

碧冬茄前的地堡

時間開出了火焰，燃亮記憶
照出一些
走進歷史而遠去的背影

那躲在地堡的眼睛和槍孔
仍在搜尋
一個個逃亡於路上的夢

過去種下的閃電
已經黯淡了
只有風雨偶爾經過，撿走了
洞內的寂靜

雷聲早已退遠，花依舊開
花依舊落
許多深埋在土裡的故事
都忘記唱歌

霧走過
把時光的影子一起帶走
包括一座
植物園裡所有草木的沉默

馬山播音站

傳播出去的一聲聲呼喊，那麼
遙遠，穿過
望遠鏡頭，落在五十年後一雙
遊客的耳朵裡

那火焰燃亮的聲音，爆開
柔美的召喚
魂兮歸來，魂兮歸來，匪邦
不可久居兮

寧靜的坑道蛇行向海，對岸
是遼闊的虛無

水深火熱的深淵，需要以愛
以自由，以民主
清洗夢魘，並滑過心理的哨口

偷窺，海浪輕輕
掩過，歷史隨著一群群蒼燕
在空中翻飛

夜裡，點亮一瓶高粱
讓烈焰如子彈刷過了胸口
微醉，仍還聽到
潮浪對著歷史呼喊：歸來，魂兮
歸來，南方不可居兮

啊，南方不可居，北方也不可居
夢被準星鎖定

瞄準，射穿成了一個空洞的
靶心

魂兮歸來，在馬山，可以挽起
一片青天
當被蓋，可以拉開白日，自由
呼喊，魂兮啊魂兮
歸來

縱有身後千瘡百孔的彈痕
血在唱歌
要與夢裡的恩仇共老

翟山坑道裡的迴聲

密碼的訊息漂浮在坑裡的水道，竊聽
歷史的回音
一些走過的腳步聲，以及去遠的
船影，在潮汐
漲退之間，偵察著風的方向
撤退

光也跟著往後撤退，在大帽山腹內
水道吞吐
明滅的燈火，在不斷消失的陰影中
說出荒涼
巨大的寂靜

花崗岩堅硬的壁面，嚴肅安靜
剛強沉著，忍耐
固守一個被硝煙掩蓋過的歷史
並不斷挖掘
夢的內部，通往另一個被時間
遺忘的坑洞

而閘門早已關閉，星月遁形
影子迷失後
再也找不回一排排，踏步跨出
坑道的背影

啊！

洞裡迴盪的輕輕嘆息，久久
未曾落下

心戰資料館

雜樹荒草遮掩的破陋，毀壞於
時間，陰影之下
那遺棄的廢墟裡面，有記憶
如鏽釘
釘死在歷史空飄的宣言上

心術的幻影，已在時間的回音牆
剝落，喇叭
召喚不了一朵雲的來渡

（氣球爆破後，天空，已經還給天空了）

那難以抵達靈魂之岸的海漂
也早擱淺在
那年，右心房的水池上

而歷史不斷搬走自己，最後
只剩下
一扇空洞的窗，隱藏在時光
遺忘的眼

眼瞳之後，有獸，埋伏深處
久久，坐化
成一片幽暗而凝固的靜

特約茶室

槍和陽具，茶杯與8311，都是
悲哀的隱喻
被放逐到一座座流浪的
碉堡內

那上膛的欲望，卻狠狠鎖住了
一座島嶼的春天

當馬纓丹花盛開，禁閉的淚
躲藏在鄉愁裡
等待尋找一場吶喊的解放

愛情卻是
瞭望不到故鄉的夢，在
煙霧中，不斷
追捕了一場又一場，無邊的
虛無

蝴蝶卻睡入了坦克車下的陰影
美麗了
風過的傳說，在小徑
在安岐
在山外，在不斷被砲轟的時代
坑坑洞洞裡面

日和月，被鎮壓在
冷戰的槍管中，青天白日招展
俯瞰底下

樂園的肉體，票券上的靈魂
彼此消費和
擁抱彼此，空虛的希望

叼一支菸吧，夜裡，把煙和自己
一起吹散

軌條砦

挺立於四十五度的忠誠，剛烈
刺向天空
尖銳的想要刺破政治的
無盡謊言

潮漲時的隱沒，潮退後的一列排開
一排一排，一排一排
守住孤傲
守住了鋼鐵的魂魄，最初和
最後的蒼涼

斷折的亡靈，有濤聲日夜敬禱

浪鏽鑄的
骨幹，仍緊緊抓住混凝土基座
屹立，在
時間侵蝕之下，蒸化成一場虛夢

「夢是一種存在嗎？阻擋不住
海的洶湧
而苦苦　堅持——」

啊，堅持中華民國最後的防線，在
侵蝕的沙岸上
堅持　島嶼的最後一分理想……

一排一排，一排一排堅定的
意志，抵擋
日夜切割的創傷，抵擋住
歷史的遺忘

南雄育樂中心

所有歷史都躲進殘破的陰影之下
偷窺時間掏空的
故事，被荒草環抱如一座墳墓

無人認領的記憶，掏出了
頹敗，在
六十年後，沙漠已長不出玫瑰

雄獅也只剩下骸骨，燈熄後
茶室打烊
留著一列列椅子，面對空洞的
回憶

是日是月，溜過冰場的鬼魂
都找不到
自己留下來的一叢叢影子

只蛛網張結，想網住那些年
吹過的笑聲
卻網住了窗口，切割出的
破碎天空

二八四師步兵的靴再也踏不出
如雷的腳步
在好漢坡上，風雲退走，只遺下
兩個廢棄的池坑

斑駁的光影也找不到出路，在傾頹的
禮堂上，青天白日

剝落，藤蔓糾纏於頹塌的高牆
之間，鋼筋
暴露了歷史留下的一片鏽斑

午後的雞隻從草叢中探出頭來
咕咕，咕咕
啄下空洞，並消失在
時間
深深，深深的背後

雄獅戲院

終場後，所有觀眾都已散掉
五百空椅
再找不到一個可以擁抱的身體
剝落的牆壁，裸露出殘山剩水
塵光離散
荒廢了一場興亡，一分死生
銀幕捲落了一個時代，收起
故事的劇本
讓時間靜靜，啊，靜靜的

挖掘出一廳巨大的空洞
挖掘出了
一片如荒原遼闊的寂寞

而鏽蝕的鑰匙，打不開六十年前的
夢境，風雨
踱過，卻永不回頭的離去

放映室內，三十五釐米電影膠卷散落
滿地，塵埃沉睡
不願醒來，一直　一直等待
軍哨吹起

吹起
把這一場漫長而虛幻的大夢
吹破

育樂中心

成功海岸

料羅灣的浪濤，不斷拍打
島嶼的胸口

那刮過痧的瘀斑，全已清除
露出爽朗容貌

朝向
一片蔚藍遼闊的海天敞開

撩亂的足印也已被抹去
留下
潔白沙岸
等待腳步四處的探尋

三月春，走過
馬纓丹、薛荔、待宵花、艾草
走過
一段長長守候的日子

在每個晨早和
黃昏來臨的時刻，測量潮汐
漲落
喧嘩的風
寂寞的回到空洞碉堡

空洞的
戍守著每一夜無限寂寥
灣海的空闊

而六十年，雷聲轟轟
早已遁走

成功海防坑道

空闊的黑暗，被燈照亮
蜿蜒成
蟒蛇內腹的不安，吞吐出
一個時代
火與血的煙霧

歷史曾經受過的傷，躺過的
軍床，都已
搬進戰史館了，只有想像
延長，向前
探入時間那頭，空虛的
回聲

鏽蝕的槍砲暗啞
在射口前對著遠處浪聲喊話
「不要鬧了
　請向時間投降吧！」

花岡岩石壁上，回了幾聲
水滴的滴答
五七戰防砲上，幾個軍人
塑像，沉默
永遠守住自己的寂寞

影子向前，足印向前，日月
向前，一九八一年
在後，灘岸的掃蕩在後，槍聲
在後，不斷
追趕腳步聲，直到——

出口，一輛坦克車鎮壓住了
一片陽光下的
陰影，並靜謐地接下幾枚鳥鳴
靜謐的
展示，歷史沉重的存在
回頭，所有走過坑道的旅客
都早已離開

金門三品

i 金門貢糖

含在嘴中的甜蜜，宛如
愛情，緩緩
在心裡散化

最後，化成相思
縷縷，糾纏著夢魂
在千里之外，仍能
回味自甘……

ii 金門菜刀

仿如回憶，永不生鏽
那光亮一閃，隱隱
響著黎明前的砲聲

千度的爐火燒過
萬斤的鐵鎚敲過
歷史，壯麗如歌
在鋒口，卻被切成
兩岸不敢驚呼的傷痛

iii 金門高粱

時間沉睡在
酒香的夢裡
料羅灣岸千潯浪濤拍打不醒
只等待
閱兵場上號角一聲
所有胸中的風雲，都會
拍案而起……

註：此詩寫於一九九八年。

第四輯

潮汐金門

潮汐金門

從潮漲到汐退，從清晨到黃昏
都有岩石守著
島，以及
島上起伏如潮浪的睡眠

海鷗和風
常常在浪尖上迴旋，穿過
島的夢境
全被摺進一冊詩頁，摺進
金門的閩南語中

那些話語時常在水氣間激盪

有時溫柔，有時
剛強，如交響樂曲洶湧地向
生命的每個角落
湧入，並向所有的鄉親們
體貼的問好

或有時憂傷，有時
歡笑，如四月的小麥，十月的
高粱，學習成長
學習熟黃，然後把自己奉獻給
自己
生長和老去的故鄉

年和年疊起記憶，疊入每一片
岩石紋層，靜靜
儲存哀樂，儲存日常裡的生活

屹立成一座
不畏任何風雨吹打和侵蝕
的島嶼

如岩礁，在潮汐漲落的海岸上
醒和睡，並把濤聲
書寫成夢的語言，一代又一代
都要住在
裡面
住成長長久久的
歲歲年年

三月二日午・尚義機場

從機艙下來，把流離的時光捲起
午時一點的春日
緘默
只讓想像填滿，旅客的風衣
牽走了風的方向

沒有揮手道別，也沒有
相迎的微笑
一些背影的後面，都跟著
灰色的雲

而遠方的季節已經在交替了

我聽到
閩南語爆開的花季，溫柔的
把我包圍

我打開金門的鈕扣，讓語言
流敞，去向
出境大廳，看一列列椅子空著
等候

等候的人尚未來到，我從萊爾富
走到F大門口
遠遠的
遠遠的風獅爺，對著我
微笑

珠山老厝

在屋外養了幾個甕，盛裝歲月
也裝滿了無數黃昏
無數早晨
和燕子呢喃飛過屋簷的陰影
雨水的滴答聲

窗口那些張望的眼睛，鎖住了
青春
老成魚尾紋上的一枚月亮
在夜裡
寂寞的笑

季節一輪又一輪
揮動斧子，砍掉了叢生的夢
留下斑駁的牆
述說一個個走遠了的故事

炊煙全已住到回憶裡去了
摩挲過的鏽跡
以及崩落的殘瓦，書寫了
物與物的滄桑

詞語躲藏，在翹起的燕尾脊後
門上的銅環
再也叩不出一聲輝煌，時間
裸露出一片蒼茫

蒼茫的暮色沉沉垂下，百姓家

在珠山，亮著
一窗的燈，一窗的燈挨著
一窗的燈，靜靜
靜靜守護著
日常，生活裡的出入平安

聚落的巷子

時光躡起腳尖，無聲走過
日子在
牆和牆之間，重複離開和
回來

旅客探訪過的風聲，渺渺
吹落一巷
寂靜，四月探出頭來
輕咳一聲
嚇走了所有屏息的足跡

而雲漸淡遠

天空遼闊而高，而深邃
明朗
讓鳥自由的飛過

昨夜雨水洗亮的石頭，清醒
讀著
孩童們跑過的腳印
清晰如
黎明喊叫的旭光

窗口對著窗口緘默，玉蘭花
在巷外開開
落落，時間彼此拉長，交叉
轉身而過

灰塵在此

交換了一個世代的訊息後
離開
夢一樣死去的寂寞

窗內的生活

有光，從窗口透出
剪影的
一幅畫面，日常
光影
晃動，恬靜
唱一首無言之歌
偷窺的眼睛，讀窗內
生活：

電視開著，晚飯
圍成一桌

孩子們釘死在卡通節目上
蠟筆小新
點亮了六點的燈
照出
孩子們天真的笑

阿祖，把臉隱藏在
歲月深處
閩南語的老黃昏，佛的
龕前

時間晃過，一瞬
之間
腳步聲已走到了短巷
盡頭，留下
窗

讀著日子來去
一個框架，一個框架
框住了
和風，家的如常

挖番薯的婦人

寫實主義的詩，把讚美的詞語
都寫進
農婦頂著落日，挖掘番薯的
鋤鈀上

肥沃的泥土，沉默孕育
故鄉的情意
在砲火洗劫過的田壟，祖先
踏過的土地

番薯的根深深埋入生命內裡
開成額上

皺紋的微笑，面對無數
明日
與明日的未知

歲月贈饋了豐碩，沾滿了
金門的鄉音
沉默而純樸的故事，都儲存
在內心，逐漸

逐漸化為甜美而飽滿的
一生

現實主義的詩，把一籮筐
番薯，朗誦成了
農婦的命運，沉沉重重
壓扁了

瘦弱的影子……。

而她卻以喜悅，拭去了汗水
佇立，成了
島嶼上
一片晴朗和亮麗的陽光

尚義，挖花蛤的夕陽

夕陽照過廢棄的碉堡，消波塊
封藏了所有
海浪衝擊過的澎湃，水氣幽深
停歇在
時間退到眉睫上，尚義的黃昏

海堤瞭望一行不再回頭的腳印
和遠去的白鸛
消失在
眼睛和眼睛走過的沙岸

孩子們把滿天彩霞種在浪聲裡

追逐的風
挖掘出一片破碎的砲聲，防風林
逃出飛機的視線
之外，遙遠的只在老人的口中
才被記起

花蛤睡在沙泥下，被小鐵鏟輕輕
撬起，潮濕的夢
沾著夕暉，在殼上微微發亮

發亮的夕陽，掛在碉堡之上
像童話
掩埋了火焰燃燒過的瞳眸，掩埋了
暮色中逐漸亮起一盞
又一盞
溫柔而燦亮的燈火

水頭碼頭

彷彿交會的水紋，輕輕碰面之後
把一片雲煙
都收藏在夢裡，一任浪聲從
金廈的航道，喧嘩
而去

三月和四月，春天被口罩遮掩
旅客禁步
在入境和出境的指示牌前
詞語晃漾
搖盪出一片空寂的水花，拍打
無人走過的廊道

服務中心深鎖，時間蜷縮在
記憶的紋理
聽潮漲和潮退，在金星6號
停泊的舷側
注視自己心中一泓寧靜的日常

我卻走過一面遼闊而眺望的海
隨一群鷗鷺
掠過想像的煙霧，向遠方
徐徐，飛去

落日在另一邊，照著一艘開往
烈嶼的太武號
載著一船的浮雲，心事和
一些故事
輪渡，島到島，夢和夢的距離

與親善

船出去，船回來
在浪和浪的翻湧上，抬頭
正看到
夕陽紅紅燒亮了樓頂的五個大字：
「金門歡迎您」
燒出了霞光銅亮如黃金的回聲

后水頭裡頹落的舊屋

那已經忘記自己年齡的門閂
躲在日月輪轉
生活的明暗之間，聽路過的
腳步聲
在門外，來來　去去

跨過門檻後離開的小孩
駝著背回來
想起曾經在殷紅的門板上
刻下了
稚拙的「幸福」
兩個字，如今早已剝落

成了
一片無法相認的滄桑……
「寂靜，是一種答案
陽光穿行過
后水頭的磚屋頂上，番仔藤
和薜荔
覆蓋了夢的頹壞與崩塌」

窗口寂暗，喑啞於記憶的遮掩
刪除幾個人影
生活裡頭，只剩下了荒涼

門閂依舊拴住了一些故事
門裡時間
張望門外的世界，被風

吹亮的菜園
戴著斗笠的阿嬤，逐漸走遠

日子退入
清朝的末年，和搖晃的樹影
盛放一朵殘夢
在
一冊線裝書裡，寫下了：

「汶水
環抱兩極，蕃衍族裔，濟濟
儒士，卜茲成族」

而後零散，草木吞咽了荒蕪
時間穿過
土磚牆下，蝸牛滑入寂靜

夢的句點

土地無聲回應，四季的輪轉
日常沉睡
在下午五點十分的斜陽裡
一隻貓
躡足，從門後悄悄走過……

在植物園

在植物園的目錄上
一池荷葉
早已枯萎，山芙蓉花落
如雪
驚起鵝聲
從冬夜的暗黑裡
擠了出來
逃到
雲和樹之外

木椅上看燈火的老人
把影子刪除了

留給仰望的天空，一隻
迷鳥
匆匆的飛過

成功鍋貼

五十多年的火候，翻煎之間
內部的回憶
全在歲月的鐵鍋上，逐漸
圓熟

而肉餡深藏
在一些煙硝的修辭和隱喻裡
只需沾上
一點蛋汁，讓油熬成了一片
秋日的金黃

滋味，只有歷經苦難的舌尖

懂得
油煙之後
苦遁去，甜美翻騰
夢的喜悅
「來二十個吧！」
故事已經飢餓的想吞下更多
更多
歷史背後豐腴的情節

成功沙灘風獅爺

吼風的獅爺，鎮住了
長久
坐著的孤獨

三月的潮汐卻漲到了夢裡
星星在水上
漂浮
閃爍神祕的光，向海平線
遙遠的眺望

醒來，聽到旗風獵獵
拍打自己

唱不出悲歌的傷口

而船已離開
玻璃纖維的心，棲止一隻
岩鷺
苦苦守候春天的到來

忘了漱口的晨旭，在田野上
追逐一隻蝴蝶
隨風起伏，悄悄的從祂頭上
飛過

霧，在沉思小築寫詩

在沉思小築寫詩
詩卻把沉思小築寫進浪聲裡

我開門，霧
不請自入，坐在我的詩句上
吐出
一片白茫茫的迷惑

我在浪聲的霧裡說話
詞語
沾滿一肚子水氣，臃腫的
四處漂浮

我捉了一些，放在詩裡
忘了點上
句號

那就讓它們和今晚的夢
潮濕的
一直
往另一個夢裡延伸下去

沉思小築門前

草地翻捲著白日的浪聲，綠和白
剪下了一個下午
悠閒時光緩步的走遠和回來

天空藍得只剩下雲了，在海上
船小得如
上帝的玩具，在我瞭望的眼中
無聲，向前靜泊

白色的海鳥從浪尖上掠過
帶來弧形
夢一樣的訊息，只在瞬間

消失了蹤跡
戴著草笠的婦女，仍蹲在
三點鐘的位置
修剪一片瘋長的陽光，以及
自己的影子

遠處，兩棵木麻黃卻在風裡
站成了
風景，讓相機捕捉
上帝散步時留下的光影，深深
淺淺，都藏入
一剎那按下快門的指紋裡

草地仍在翻捲著白日的浪聲
聽日子

與日子說話，並且
躺下，睡成斑鳩和燕子
飛過
沉思小築前
句句行行，詩般遠去的遼闊

太湖的夕日

天被染過，橘色的樹影在小島上
垂釣夕陽
碎金流散，在這一天最後的晚餐

我是天涯的趕路人
匆匆，為追著一次鸕鶿的遠遊
誤入了這場黃昏
然後等待路燈把走失的自己
一一點亮

而柳樹忘了招春，諸神放任
飛禽棲息樹梢

涼了羽翼，呼喚著那已遠去的
風聲，看湖水

洗滌了我胸中的塵埃，輕撫
頓挫，任水獺
穿越了時間之岸，戲水而過

不遠處公園裡的銅像已淹沒在
暮色中了，白千層
躲入微光裡安睡，三月風微微
掀我衣角，嬉笑

昇恆昌在湖岸那邊，蹲踞如獸
燈火盛開似花
倒影成了湖上，一幅淋漓的
畫，按捺一筆

火紅後
蛇入一片暗黑的夜色

瓊林老屋

老靈魂不斷梭巡，巷與巷交叉而去
的時光，列隊
穿過記憶，敲響了老厝殷紅的門窗

祠廟裡蔡氏的老祖宗
肅穆，讓牌位掏出一些些煙火
交給雀鳥
啄開寂靜的傳說，四處播放

花崗岩砌成磚牆，一塊一塊
如歲月古老屍骸
蘸滿風霜，雨露，和燕尾脊下

陰影的濃聚

馬背上的風，卻吹走了一百年
還有一百年
在屋簷上張望，孩子們回家的
方向

紅磚牆上的木棉，開了四百朵
不會凋謝的紅花
撐住了打卡的眼睛，撐住了
屋頂上滿天的星

我從樓仔邊走過，摘下一盞燈火
照著，一個時代的
凋落，以及

一個時代重新裝修後的復活

成功海邊的行走

從正義的理想裡我走向正義海岸，風吹
海浪的魚唱，崗哨是
剝落的遠望，穿過了木麻黃下的蔭影
我把左腳交給右腳
向前，沉思在辯證中留下又深又淺的
腳印

挖掘花蛤的小孩把落日收下，沙
陷入沙岸，讓足跡
留下，獨自尋找栗喉蜂虎的翅影

存在是一首詩，用書寫

將過去卸下

而前行，把沙灘走出了一枚月亮
並從遺忘的長岸
走出了另一個自己的容貌

前行，繼續
前行，日子總會抵達，一個
永遠無法抵達的
故鄉

注音古寧國小

ㄍㄨ

從第三聲裡我們走入遙遠的想像
在十字路口
張望
南村李氏祠堂，北村光顯故居
傳來
朗朗書聲，一步一步走向
風雨過後
雙鯉魚門下，晴朗空闊的一片
百年天光

ㄋㄧㄥ

孩子們列隊走進第二聲的教室裡
讓知識
把歲月拔高，然後
靜靜開放
成無數朵雲，向遠方四處流浪

或下成雨，滋潤
麥子和高粱長出一畝畝肥沃的
土地
那是夢，可以居住的故鄉

ㄍㄨㄛ

回憶裡長出的童年，都有校歌

把身子唱成了
旗桿
仰頭招展，天高一般的理想
而寧聲鐘塔下，一代一代走過
老師的叮嚀
隨著，穿過了巨大的霧，穿過
濤聲，走成了
一個世界
走成了自己可以起飛的方向

ㄒㄧㄠ

日日晨鐘，拂去了多少清晨與黃昏
拂亮了
多少孩子明亮的眼神，拂走了一年

又一年的腳步聲

在古寧頭，北村一號裡的校樹依然
青青，輕輕的
把蔭影撒落在所有孩子們的身上，唱歌
寫作、讀英文

並在注音的故事裡，彼此對望
彼此
逐漸長大的讀書聲，像夜晚遠去的
星，閃爍
叫著自己早已遺忘的小名

而那留在教室的名姓，仍然堅持
高喊：
起立、行禮、坐下

第五輯

浯島之歌

料羅灣上

依舊是那百年洶湧的濤聲
依舊是那激情拍岸的浪潮
依舊是在料羅的海灣
捲起民國百年激盪的水花
激盪的，聚聚散散

依舊是那孤寂戍守的崗哨
依舊是那風雲來去的滄桑
依舊是在料羅的港灣
翻過無數歲月和夢想臉龐
離開後，思念依然

人間多少恩怨情仇，在料羅灣上
都付雲煙
人生多少熱血徘徊，在料羅灣上
去如飛鳶

一代又一代的人走過
走過一代又一代的人
在料羅灣邊
都走成了這世界小小的塵緣

太湖的黃昏

帶著太湖一起散步
路邊的樹
也一起跟著散步
鳥聲四處歡呼
與太湖黃昏的水霧
牽手一起走向了日暮

美麗的太湖
（啊，美麗的太湖）
溫柔的擁抱了三個夢
同心、華夏、光復
都恬靜

等待夜裡亮起燦爛的燈火

美麗的太湖
（啊，美麗的太湖）
忘記掉所有煙硝戰火
彩霞、水獺、白鷺
都恬靜
等待夜裡亮起燦爛的燈火

藍眼淚

追著風，追著雨，追著長長的潮浪
追著海岸流動的星光
追著一片藍色的夢幻

（藍眼淚啊藍眼淚
妳的淚光美麗得叫人心碎
藍眼淚啊藍眼淚
妳的蹤影神祕得讓人不寐）

像愛情來時的沉醉，像愛情走時的憔悴
守了一整個春天
只為了瞬間的相見

（藍眼淚啊藍眼淚
妳的淚光美麗得叫人心碎
藍眼淚啊藍眼淚
妳的蹤影神祕得讓人不寐）

啦啦啦，啦啦啦，我們都在風裡追著妳
三天三夜的不睡
啦啦啦，啦啦啦，追著妳，永不言退

木麻黃上的落日

回首幾度，木麻黃上的落日，照出了旅人匆匆的腳步
遠方燈火，點亮暮色，有人守在窗口
把黃昏守成了一條寂寞長路

記憶已經起霧，三月過了，四月更加孤獨
愛情如被放走的小鹿，各自尋找各自的幸福
木麻黃上的落日，被詩讀成了一首錯誤
那些夢裡留下的荒蕪，也記不起走過的來處
木麻黃上的落日，照落一間間金門小屋
春風吹走了萬千雲朵，學習對自己說不哭不哭

repeat
（木麻黃上的落日，被詩讀成了一首錯誤
那些夢裡留下的荒蕪，也記不起走過的來處
木麻黃上的落日，照落一間間金門小屋
春風吹走了萬千雲朵，學習對自己說不哭不哭）

麥子

風中的沙沙，沙沙
篩下了夕陽黃金的浪花
在四月快樂的喧嘩

麥子啊麥子愛上了風啊
用夢說話
沙沙，沙沙，心亂如麻

時光輕輕走過
走到了天涯，麥子啊麥子
垂下沉沉的思念
跟時光交換了

自己美麗的年華
（麥子啊麥子愛上了風啊
想要一個家
沙沙，沙沙，心亂如痲）

當故事已被收割，風也離開
麥子啊麥子
終於懂得
愛是風中流淚的砂

沙岸

我是沉默的沙岸
時時守候回家的浪
在南方的島上
彼此擁抱
那來來去去的徬徨

有時候會遇到風雨的來到
有時候會一起笑看夕陽
像忠誠的情人啊
我們總是守著沒有誓盟的海枯石爛

我們把別人的腳印揹在身上

看他們到遠方流浪
我們把故事都交給風去吟唱
看他們到各處離散

（像忠誠的情人啊
我們總是守著沒有誓盟的海枯石爛）

多少年過去了，我們不會遺忘
每一次相遇的擁抱
都很溫暖，都很溫暖
像一首長長的詩
唱出了我們一生的情長
唱出了
一曲的地老天荒

攏ē走過去

雷公雷公叫哮哮，暗暝來叩門
阿公聽了　心肝怦怦剉
親像炮彈來開花

開出一蕊又一蕊，著火ē雷公花
敲落阿公ē厝頂
敲落阿公ē目屎
敲落阿公ē暝夢

短短ē人生，長長ē坑道
攏ē走過去

（攏是故事，攏ē走過去）

阿公睏佇自己ē影內
恬恬，睏成一粒島，聽海湧
一聲又一聲
叫伊毋驚，毋驚，慢慢
慢慢就要轉厝了

（攏是故事，攏ē走過去）

第六輯

古典的部首

【南石滬公園比興】

花崗做幕海為開，萬里騎鯨說渡台。
天外鷺來歸一島，灘間浪捲小蓬萊。
濤聲入雨經風壯，暮色隨人踏夜回。
莫問行雲山水客，人間殘夢幾餘灰？

【過聚賢村留庵故居】

噫氣驚濤下牧州，留庵盧史探風流。
衣冠早已埋蝸跡，文賦終將落土丘。
幾度風雲翻舊夢，一回燈火照重遊。
聚賢村後斜陽處，不盡殘光過小樓。

【太武山・鄭成功觀兵弈棋處閑坐漫成】

我與延平坐此臺，天風隨手一招來。
雄兵十萬觀棋走，濁酒三杯放眼開。
倏忽浮雲彈指過，幽玄世界轉輪催。
回頭戲說當年事，卻見殘陽照綠苔。

【太武山・觀「風動石」感懷】

島上興亡一石知，蒼茫風雨任遲遲。
身如落葉歸根處，魂亦隨人入夢時。
漫笑長行孤客影，因緣舊識故家詩。
向來終古悲歡事，盡付江聲釣鷺鷥。

#【臨稚暉亭觀滄海】

罵名名罵是皆非，浯島孤亭對夕暉。
半世荒唐隨老廢，百年漂泊將誰歸？
雲霄毛羽觀滄海，水浪千噚裂石扉。
回首關臺知冷落，蒼茫天地一鷗飛。

【大膽島・北山石刻群】

孤島巉岩絕頂來，雲濤破浪海門開。
鯨飛萬里銘天石，鳳落玄峰定北臺。
倏忽百年空歲月，幽思頃刻去塵埃。
碑文勒盡興亡事，卻見山根付草萊。

【大膽島・回頭是岸】

頭到此來回岸是，船閒不渡戰征人。
風雲已歇波平闊，長浪空掀草木春。
放槳隨由魚出沒，歸帆任得夢浮塵。
傾前笑問遊煙客，劫後今餘第幾身？

【咏太武山海印寺三首】

1

山行俯首望城頭，太武雲飛過小樓。
暮鼓空隨滄海去，梵鐘猶記月明遊。
聽禪已解燈無盡，說法因知夢未休。
隱約人間真了事，窗前夜語草悠悠。

2

如來如去人行處，世界常常幻大千。
夢裡依稀生死病，佛前空許一燈緣。
山風暮磬催殘日，海印歸僧宿野煙。
留得塵埃存念想，花開花落不知年。

3

太武巖間一寺孤，雲眠石上樹作圖。
千燈照我安心處，佛笑低眉看似無。

【古崗湖兩首】

1

一煙帶雨晚霞中，照與梨花滿樹紅。
古徑蝶飛人跡外，疏林葉落鳥鳴東。
柳絲無力催詩句，湖影留痕入夢叢。
漫看浮雲來且去，眼前光景太匆匆。

2

古崗雲水洗風塵，彩筆難摹畫裡真。
樹老樓高三丈尺，花開月滿一湖春。
山圍暮影燈初上，戶接星河雨後新。
待過夜長攜旭日，隨由鷗鷺駐閑身。

【暮春觀豆梨花有感】

浯江風上雪花寒，三月懸枝袖手看。
萬瓣春濤搖夢醒，一襟夕照入詩難。
沾衣且與留香去，照眼惟驚落影殘。
惆悵暮雲消散盡，可憐芳訊已闌珊。

【過豐蓮山牧馬侯祠有作】

豐蓮祠廟鎖南頭，牧馬浯州闢野丘。
運借陰兵消寇禍，捎行甘澤惠農疇。
草廬人去遺千載，石徑魂來祀一洲。
幾度庵前烽火後，煙香猶憶主監侯。

【過魯王墓戲詩】

吁噓，漢影銀根空自托，渺渺無極，羈魂何所墮？骨埋牧州嶼，夢亦隨煙沒。蝸痕跡，水月影，故國萬千春恨付泥塵，花開盡零落。史書餘齒，且留予他人笑說。爾今在，衣冠塚，只小小江山。噫嘻，魯王也，佇此觀島監國，閒看兩岸，風飛雲走。

【于沉思小築夜飲不眠，聽遠濤拍岸有感】

酒入荒腸醉欲眠，停杯頑氣笑遊仙。
依稀歲月迷詩霧，杳渺河山臥曉煙。
回首濤雲驚岸處，感時風雨落窗前。
沉思小築沉思裡，不覺深寒到鬢邊。

【酒後】

海哮風捲夜千濤，攬入襟間氣自豪。
漫展鴻圖欣未老，笑看殘月掛天高。
黃粱酒後歌慷慨，畫室詩前醉卯酶。
回首舊年別夢去，聊將閒歲讀離騷。

調寄【望海潮】

——鼓浪嶼日光岩鄭成功水操處

洞天遺址，蓬萊如夢，波光望眼朦朧。虹渡鷺門，金霓蜃影，浪來幾度秋風。◎謾憶暗潮中，萬濤捲千鼓，擊楫長空。草木蕭森，夕陽樓接晚霞紅。

灘間目送冥鴻，水操臺上遠，啼破驚蛩。今壘故園，塵埃散了，鯨鯢來去匆匆。◎舊蹟己迷濛，古木荒涼處，人影無蹤。佇看延平石像，慷慨記豪雄。

國家圖書館出版品預行編目資料

島・行走之詩 / 辛金順著 .
-- 初版 . -- 臺北市 : 聯合文學 , 2021.10
264 面 ; 14.8×21 公分 . -- （聯合文叢 ; 685）

ISBN 978-986-323-414-2（平裝）. --

851.4　　110015766

聯合文叢 685

島・行走之詩

作　　者／辛金順
發 行 人／張寶琴

總 編 輯／周昭翡
主　　編／蕭仁豪
資深編輯／尹蓓芳
編　　輯／林劭璜
封面內頁圖片／辛金順
資深美編／戴榮芝
業務部總經理／李文吉
財 務 部／趙玉瑩　韋秀英
人事行政組／李懷瑩
版權管理／蕭仁豪

法律顧問／理律法律事務所
陳長文律師、蔣大中律師

出 版 者／聯合文學出版社股份有限公司
地　　址／(110)臺北市基隆路一段 178 號 10 樓
電　　話／(02)27666759 轉 5107
傳　　真／(02)27567914
郵撥帳號／17623526 聯合文學出版社股份有限公司
登 記 證／行政院新聞局局版臺業字第 6109 號
網　　址／http://unitas.udngroup.com.tw
E-mail:unitas@udngroup.com.tw

印 刷 廠／禾耕彩色印刷有限公司
總 經 銷／聯合發行股份有限公司
地　　址／(231)新北市新店區寶橋路235巷6弄6號2樓
電　　話／(02)29178022

出版日期／2021 年 10 月　初版
定　　價／320 元

ISBN 978-986-323-414-2（平裝）